KB154597

내 삶을
변화시키는
96가지
지혜

삶의 지혜가 담긴 인생지침서

내 삶을 변화시키는
96가지 지혜

초판 1쇄 인쇄   2002년 7월 1일
초판21쇄 발행   2009년 2월 5일

펴낸이   진성옥, 오광수
엮은이   김선영
펴낸곳   도서출판 꿈과희망
출판등록   제 1-3077호

주소   서울특별시 용산구 원효로 1가 112-4 디아뜨센트럴 217
전화   02)2681-2832
팩스   02)943-0935
e-mail   jinsungok@empal.com

* 잘못된 책은 바꿔드립니다.

정가 6,000원
ISBN 89-9531-732-9   03810

내 삶을
변화시키는
96가지
지혜

릴케 외 | 김선영 엮음

꿈과 희망

책머리

사람들은 모두 성공을 원한다.
하지만 성공을 위해 자신을 단련시키고 노력하는 사람은
많지 않다. 그저 막연히 성공한 인생과 높은 지위를
꿈꾸고 있을 뿐이다.
당신이 성공을 원하면 계획을 세워야 한다.
그리고 그에 따라 자신을 훈련시켜야 하는데
그러기 위해서는 성공한 사람들의 이야기를 거울삼아
성공의 지혜를 습득할 줄 알아야 한다.

이 책은 남보다 앞서려는 사람, 남에게 이기려는 사람,
아니 최소한 짓눌리지 않으려는 사람들을 위해
사람 보는 눈을 길러주며 사기나 배신을 당하지 않고
현명하게 처신할 수 있게 하는 처세 철학서이다.
이 책은 자기 자신을 판단하고 그 결점을 보완하며,
매력이 넘치는 자신을 만드는데 도움이 될 것이다.

- 김선영

책머리

책머리

성공을 꿈꾸는 사람이 꼭 알아야 할 처세병법

사람이 존경을 받으려면
존경받을 만한 사람과 함께 지내야 한다.

-릴케 외-

남은 자주 용서하되 자신은 결고 용서하지 말라.

1. 상대방을 위하라

'남이야 어떻든 나만 좋으면 그만이지' 하는
생각으로 처세한다면
그 사람은 머지않아 행복이나 성공에서
멀어지고 말 것이다.
단순하게 생각하면 남과 자기는
따로인 것처럼 보이지만
실제로는 보이지 않는 줄로 엮여 있어서
마치 한 배를 타고 있는 것과 같다.
진실로 자기를 사랑하는 사람은
상대를 귀중히 여길 줄 안다.

교훈은 안내(案内)하지만 모범은 잡아끈다.
– H. G 보운

2. 이웃집 색시

이미 지나가 버린 옛날의 즐거웠던 시절만을 생각하며
지금의 자기 처지에 만족하지 못하고
이웃집의 색시나 남의 정원에 핀 꽃만
아름답다고 생각하는 사람에게는 불평이 끊이지 않는다.
이러다가는 어느덧 자신이 가지고 있는
소중한 것들을 다 잃고 만다.
부족하지만 지금 잡아놓은 고기,
나의 집 안에 핀 초라한 꽃을 소중하게 생각하라.

세상에 존재하는 모든 것들을
아름답다고 생각하지 않는
사람에게는 행운이 오지 않는다.
원래 도망친 고기는 더 크게 느껴지고
이웃집 색시는 예쁘게만 보이는 법이다.

정당한 대의명분은 강하다.
ㅡ T. 미들턴

3. 인생이란

인생을 살다보면
좋은 길을 걸을 때도 있고
험난한 길을 걸을 때도 있다.
그렇기 때문에 평탄한 길을 가는 것이
안전하다고 생각하는 것도 옳지 않고
모험이 꼭 위험하다고 할 수도 없는 것이다.
요컨대 그 사람의 역량과 배짱이 중요한 것이다.

일정한 수련을 쌓으면 외나무다리라도
탄탄대로를 걷는 것과 마찬가지로 수월하다.
그리고 아무리 쉬운 것이라도
수련을 쌓지 않은 사람은
넘어지기 쉽다.

정당한 명분에서는 약자가 강자를 제압한다.
– 소포클레스

4. 주인과 상대

직장을 자주 바꾸는 사람,
교제를 길게 못하는 사람,
쉴새없이 문제를 일으키는 사람은
아무리 자신을 변명하더라도 어디 커다란
결점이 있음에 틀림없다.

아무리 세상이 험하다해도
친구 한 사람이 자기 편에 없다는 것은
그 사람에게 어떤 커다란 결함이 있기 때문이다.
이러한 사람과는 될 수 있으면 교제하지 말라.
다소 재능이 있고 쓸만하여도
결국 자기 집 개한테 물리는 것과 같은
꼴을 당하기 쉽다.

이름 없는 돌은 없다.
- 루카누스

5. 협기(俠氣) · 열(熱)

협기(俠氣)란 것은 사나이의 기상이다.
남자로서 조금치도 사나이다운 맛이 없으면
마치 김빠진 맥주나 사이다 같을 것이다.
그렇다고 해서 사나이다운 혈기만 있다면
어떤 일을 저지를지도 모른다.
그래서 첫째로 협기,
둘째로 혈기,
다음에 사려(思慮)가 있어야 한다.
이 세 가지를 다 가진 사람이면 무엇을 해도
성공할 수 있다.
또한 남자로서의 매력도 만점인 사람으로
능히 통솔자가 될 수 있다.

모든 사람은 자기의 분수를 지켜야 한다.
– 오비디우스

6. 친절에 굶주린 사람

우리들은 물질에 부자유를 느껴
고생도 하지마는 애정에 굶주리고
친절에 목말라하며 늘 고독한 생활을 하기도 한다.
그 때문에 타인의 따뜻한 말 한 마디에 좋아하고
작은 친절에 인생을 걸어도 좋다는
생각을 가질 만큼 여린 마음을 갖게 되는 수도 있다.
당신은 그러한 사람들에게 아낌없이 건네줄 수 있는
따뜻한 말, 친절한 표정,
마음을 줄 수 있는 준비가 되어 있는가?
당신의 말 한 마디로
상대를 경쟁시킬 수도 있으며
용기를 갖게 할 수도 있음을
알아두지 않으면 안 될 것이다.

많은 사물 중에서 가운데가 제일이다.
내 위치도 가운데가 되게 하라.
– 포킬리데스

7. 일보 후퇴 이보 전진

흔히 인생을 단거리 경주가 아닌
장거리 마라톤에 비유하곤 한다.
그렇기 때문에 세상물정에 밝은 사람은
남들 앞에서는 한 발자국 물러서고
아무도 보지 않는 곳에서는
이보 전진하는 것이다.

쓸데없는 일로 다툼을 하지 않으며
확보할 수 있는 한 최대한
자신이 원하는 것을 확보한 후
때를 놓치지 말고 한 발짝씩
온 힘을 기울여 앞으로 나가야 한다.
이것이 처세의 미묘한 비법이 되는 것이다.

공로(公路)를 가라. 그래야 안전하다.
— T. 풀러

8. 말(語)에서 얻는다

말이란 참으로 기묘한 것이며,
살다보면 마치 마력을 가진 것처럼
큰 힘이 되기도 한다.
어떤 사람은 남들이 무심코 떠드는 말 중에서
돈벌이 꺼리를 찾아내어 성공하기도 한다.
우리는 사람들이 여러 가지 이야기하는
말 속에서 쓸 만한 것을 주워서 써먹을 필요가 있다.

한 권의 책을 읽고 두서너 마디의 요긴한 말을 찾아내어
활용하는 사람도 있는 반면에
몇 백 권의 책을 읽어도 잊어버리고 마는 사람이 있다.
처세의 명인은 이러한 소용되는 말을 주워서
그것을 잘 활용하는 사람을 말한다.

보통 옷을 입은 아이들이 언제나 모래 장난을 할 수 있다.
– H. 벨록크

9. 세심한 주의

큰 사업을 하는 사람은 매사에 세심한 주의를 기울여야
만 성공할 수가 있다.
대부분 담력은 크나, 작은 일에 대한 주의를
소홀히 하기 때문에
생각하지 못했던 일에 실패하는 수가 많다.
세심한 주의와 계획이 있다면
어떠한 일이라도 잘 할 수 있다.
그것은 모험도 아니며
투기사업이 되는 것도 아니다.
오랜 경험, 세심한 주의, 완전한 준비에서
만들어지는 침착한 태도가
당신의 성공을 만들어 주는 것이다.

예의는 모든 문을 연다.
- T, 풀러

10. 의리와 인정

옛날 사람들은 의리에 살고 의리에 죽기를
당연히 생각하고
실천하였다고 하는데
지금 세대는 이러한 의리를
일종의 바보짓처럼 취급하는 경우가 많다.
한심한 일이 아닐 수 없다.
상대방에 대해서 깊이 생각하고 행동한다면
당신 앞에는
의리와 인정이라는 선물이 주어질 것이며
당신은 커다란 성공을
눈앞에 바라볼 수 있을 것이다.

인격이란 어둠 속의 사람됨됨이다.
- D.L. 무디

11. 팔방미인이 되지 말라

이것도 할 수 있고 저것도 할 수 있고
온갖 것을 다 할 수 있다고 자부하는 당신에게
이 사회는 전문가라는 칭호를
붙여 주지 않는다.

세상 사람들이 당신에게 재간이 많다고
칭찬해 주어도 당신이 능력 있는 사람으로
성장하는 데는 도움이 되지 않는다.
그러기에 하나의 전문적인
분야를 잡는 것이 중요한 것이다.

바른 예절과 지식이 인간을 만든다.
– H. 브레드쇼

12. 금언(金言)

후리이헬 본 홈볼트는 말하기를
"한 가지의 욕망을 만족시킨다는 것은
한 가지의 고민이나 걱정을
없애버린 것에 지나지 않는다.
즉 그것은 언제나 소극적인 것이다.
그러나 진실한 만족은 정신적이나 육체적으로
적극적인 것이어야 한다."고 하였다.

자기가 할 수 있는 일은 걱정하지 말고
차근차근하게 진행하고 난 후에
아무 말 없이 다른 일을 생각하는 사람,
이러한 사람은 그 얼마나 믿음직한 사람이겠는가.

만인(萬人)은 천리(天理)앞에 평등하다.
– 라틴 법언

13. 재기할 때

사업을 공동으로 경영하다가 실패하여
서로 욕하고 싸움질까지 하는 일을 볼 때마다
사람은 간사한 동물임을 느끼게 된다.
그러나 사람이란 실패하였을 때,
절대절명인 때에 참 진리를 깨달으며
진실한 친구, 진실한 자기 편을
만나게 되는 것이다.
실패에서 재기할 때 지켜봐준
당신의 벗이야말로 참으로 진정한 벗인 것이다.

작은 항아리는 빨리 뜨거워진다.
- J. 레이

14. 금전거래

될 수 있으면 친한 사람과는
금전거래를 하지 말라.
또한 대차(貸借) 관계도 서로 피하는 것이 좋다.
친구들 사이에 금전의 손해나
이득 관계가 생기면,
아무리 좋은 사람도 손득(損得) 앞에서는
악인이 되는 수가 많기 때문이다.

태도와 돈이 신사를 만든다.
- T. 풀러

15. 인물의 평가

미국의 형무관 로이스는
"만일 당신이 부정한 사람과 접촉하게 되었다면
그 사람을 정직한 젠틀맨인 것 같이 상대하라."
고 말한다.
부정한 사람은 이런 취급을 받음으로써
얼마만큼 남아 있는 자존심을 회복해서
적극적으로 당신의 기대에 어긋나지 않도록
행동할 것이라는 얘기다.
이것이 교제의 비밀이다.

모범(模範)은 모든 사람이 읽을 수 있는 교훈이다.
— G. 웨스트

16. 독기(毒氣)를 가진 사람

향기가 강한 꽃이나 예쁜 꽃이
사람 눈에 띄기 쉬운 것처럼,
독기(毒氣)를 가진 사람은
특별히 눈에 띄는 이상한 매력을 지니고 있어
쉽게 사람을 사로잡는다.
만일 이러한 사람과 오래 교제하게 되면
반드시 한 번은 그 독기에 혼이 날 때가
있으므로 잘 피해야 한다.
특히 그런 사람의 결점을 교정해 주려고
노력하는 것처럼 힘든 일은 없다.

고결한 자만이 고결한 자들을 끌 수 있다.
- 괴테

17. 말과 마음

누구나 살다보면 한 번쯤은
마음에 없는 이야기를 남에게 할 때가 있다.
특히 마음에 없는 말을 잘 하는 사람일수록
상대의 말만을 잘 받아들이고,
"아아, 그런 사람인 줄은 몰랐어!
그렇게 배반당할 줄은 몰랐네." 하고
불평을 하곤 한다.
그러므로 상대방의 말과 마음의 일치점을
잘 볼 수 있는 사람이 처세의 명인인 것이다.

물은 가장 깊은 곳에서 가장 잔잔하게 흐른다.
– J. 릴리

18. 사람은 유혹 받기를 즐긴다

사람은 남을 속이기도 잘 하지만
한편 유혹 당하는 것을 좋아하는 면도 있다.
실수로 유혹을 당하였다고
속상해 하는 사람이 있으나 이들은 대부분
유혹에 매력을 느껴 걸려든 경우가 많다.
유혹한 자나 당한 자는 실은 동죄(同罪)이다.

매사를 안이하게 생각하는 사람이
유혹에 잘 걸려드는 것이다.
또 이쪽에서 어떠한 욕심이 없으면
유혹에 흥미를 느낄 수 없을 것이다.
즉 고양이에게 돈을 보여 주어도
갖고 싶어하지 않는 것과 같은 것이다.

위대한 사람의 평범(平凡)은 기지(機智)로 통한다.
- A. 체이스

19. 비밀

인생에는 그대로 놓아두면 잘 되어가는 일이 많이 있다.
그러나 사람들은 부질없이 이것 저것
들춰내기를 좋아하고,
떠들어 대고 싶어하는 성질이 있어서
일을 가끔 실패로 이끌어 가는 수가 있다.
자기의 계획은 함부로 발표할 것이 못 된다.

결백은 두려울 것이 없다.
– J. B. 라신

20. 남의 비밀을 지켜라

보통 남의 비밀을 캐내려 하고
소문내기 좋아하는 것이 우리 인간이다.
세상은 흔히 남의 말을 하고 다니는 사람을
신용하거나, 중요한 책무를 맡기지 않는다.

입이 무거운 것은 남에게
그만큼 친절을 베푸는 것과 같고,
신용은 두터워지며 존경을 받게 되는 것이다.
그러므로 매사에 가만히 듣고
자기만 알아둘 것이다.

높은 바람은 높은 산에 분다.
　　　　　　　　　　　　　　－ T. 풀러

21. 관철력(貫徹力)

밀고 나갈 수 있는
힘이 없는 사람은 쓸모가 없다.
할 말도 못 하고 뒤꽁무니에서
침묵해서는 안 된다.
자기의 목표, 신념, 책임감이 강하면
자연 밀고 나갈 힘이 생긴다.
관철시키는 힘이 약하다 함은 노력과 책임감이 빈약하기
때문이다.
목적을 정하면 기관차와 같은 패기로 밀고 나가라.

모든 살아있는 생물은 자신을 사랑한다.
– 키케로

22. 서비스가 최고다

누군가 "잠깐 전화 좀 빌려 주십시오." 하고
당신에게 말한다면
"네, 어서 쓰십시오." 하고 대답하며,
냉수라도 한 잔 내놓을 만한
친절을 발휘하면 —만일 상전이라면—
그분은 다시 한번 꼭 찾아와서
좋은 단골손님이 될 것이다.

사람은 기분 좋은 서비스나 친절을 받으면
상대방에게 호감을 갖게 된다.
이것은 장사하는 사람뿐만 아니라,
당신 자신에 대한 좋은 인상과
당신에 대한 과거의 나쁜 인식을
좋게 바꾸어 놓을 수 있는 기회인 것이다.

악마는 가난한 자의 자존심으로 그의 꼬리를 닦는다.
— J. 레이

23. 공격의 겨냥

조금이라도 남보다 잘나고 평판이 좋은 사람이라면,
기뻐하기보다는
주위 사람을 경계하지 않으면 안 될 것이다.
당신은 남들이 휘둘러대는 무서운 칼날에,
눈에 보이지 않는 공격의 표적이
되고 있는 것이다.

남의 질투처럼 무서운 것은 없다.
당신을 칭찬하는 말은 훌륭하나
그 말 속엔 독기가 들어 있다.
그러므로 비행기를 타기 전에
우선 발 밑을 조심하여 한 걸음 한 걸음
차근차근 걸어가는 주의가 필요한 것이다.

사람이 존경을 받으려면
존경받을 만한 사람과 함께 지내야 한다.
– 라 브뤼에르

24. 마음의 선악

사람의 마음 속에는 언제나
악마와 천사가 이웃하여 살고 있다.
대개의 인간은 그렇다고 생각해도 틀림없다.
때문에 착한 마음으로
"안녕하십니까?" 하고 말하면
천사가 나타나고,
언짢은 기분으로 "안녕하십니까?" 하면
악마가 나오는 것과 같은 것이다.
상대가 싱글벙글 미소를 띠면
이쪽에서 화를 낼 수 없으며,
상대가 화를 내면 골려 먹고 싶어지는 것이다.
인간은 말보다 감정이 먼저라는 것을
명심해 두어라.

양심은 영혼의 소리이며, 정열은 육신의 소리이다.
— 루소

25. 세 번째의 정직

인간의 사고(思考)의 순서는
처음에는 눈을 번쩍 뜨게 되고
두 번째는 그럴 듯하다고 보고
세 번째는 역시 그렇다고 말하게 되는 것이다.

우선 의심이 생기고,
다음에 추리하고
그 반응으로 결정한다.
즉 의혹-추리-결정으로 이루어진 것이다.
언제나 세상은 이런 순서로서
자기를 보고 있구나 하고 생각하면 된다.
테스트 당하는 것은 세 번밖에 없다는 것을 명심할 것이
며, 같은 일로 실패를 세 번 이상 거듭하면
세상은 당신을 알아주지 않는다는 것을
잊지 말아야 한다.

정직만큼 값진 유산은 없다.
– 셰익스피어

26. 신용

세상이 험악하여 사람을 믿지 못한다 해도
아직까진 신용이 제일이다.
그러므로 당신은 어느 정도로
신용이 있는가 하는 것을
정확하게 감정(鑑定)해 볼 필요가 있다.
금전의 신용뿐만 아니라
─저 치는 조금만 이상해도 의심을 품기 때문에
─저 치는 끈기가 약하기 때문에
─저 치는 결단력이 없기 때문에
─저 치는 여자에 대해서 사족을 못 쓰기 때문에
등등 당신의 일거수 일투족으로 신용이 평가되고 있는
것이다. 지금 이 순간도.

어린이와 바보는 거짓말을 할 수 없다.
─ J. 헤이우드

27. 초사(初事)는 만사(萬事)

사람이란 하나를 보면 열을 알게 되는 법이다.
그래서 "아아 저 친구다운 일이다." 하는
식으로 말하게 되는 것이다.
이렇게 사람들이 굳어진 시각으로
모든 행동을 단정 짓게 되면 그 사람의 인생은
끝장을 본 거나 다름이 없는 것이다.
첫눈에 당신을 남들이 알아보는
사람이 되면 안 된다.
"이런 경우 저 친구가 어떤 식으로 나올지 모른다."
하는 말이 나오는 사람이 되지 않으면
출세하기 곤란하다.
남에게 잡혀서는 자신의 처세가 막힌다.

사람이 거짓말한 이후에는 훌륭한 기억력이 필요하다.
― P. 코르네이유

28. 후회하지 않는 법

남이 추켜 주는 말에 기분이 좋아서
일을 벌여놓고서 실패하면
웃음거리가 되기 쉽고,
성공하여도 '저것은 저 친구의 의견이 아니고
우리들이 제공한 것이지.' 하고
비웃음을 받게 된다.
이러한 일을 겪지 않으려면
자기 생각대로 일을 해야 한다.
남의 힘을 될 수 있는 대로 빌리지 말고
최악의 경우를 각오하고 임해야 한다.
그러면 조금만 잘 되더라도
혼자 충분히 만족할 수가 있게 된다.

허영의 가장 고상한 형태가 명예욕이다.
– G. 산타야나

29. 천상천하 유아독존(天上天下 唯我獨尊)

뱁새가 황새를 따라가면
다리가 째진다고 한 것처럼
남이 하는 대로 흉내를 일삼는 것처럼
바보스런 짓은 없다.
남이 하는 것을 참고하는 것은 좋으나
자기와 남과는 전혀 다른 사람이라는 것을
잊지 말아야 한다.
세상에 많은 인간 중에 자기는
단 하나의 존재이며
이 세상을 건너가는데도 자기 혼자라는 생각을
잊어서는 안 되는 것이다.

활은 굽은 것이 펴지지 않으면 그 힘을 잃는다.
- 오비이우스

30. 운(運)을 잡는 법

사람들은 누구나 일생을 살아가면서
몇 번의 기회와 운을 맞게 된다고 한다.
그러나 그 운을 잡아서 성공하는 사람은 그리 많지 않다.
누구에게나 운이 다가오지만 성공한다는 것은
쉽지 않은 일이다.
운을 잡는 힘이야말로
그 사람의 저력이라고 할 수 있다.
그것은 단순히 정직하고 성실하다고만 해서
이루어지는 것은 아니다.
여기에는 철저한 준비와 노력
그리고 연구가 뒤따라야 한다.
자신에게 운이 다가올 때를 미리 준비하고
기다리는 자만이 그것을 놓치지 않고
잡을 수 있는 것이다.

시기와 분노는 생명을 단축시킨다.
– 전도서

31. 비둘기와 같이

폭력에 폭력으로 대하면 자기도 언젠가
한 번은 폭력으로 망한다는 것을 명심해라.
언제나 부드러운 비둘기 같은 마음을 갖는 것은
폭력을 가하는 것보다 훨씬
참을 수 있는 용기가 필요한 것이다.

거지는 거지를 시기하고, 시인은 시인을 시기한다.
— 헤시오도스

32. 뱀과 같이

소리도 없이 슬슬 숨어서 기어다니는 뱀이
먹을 것을 잡을 때는
절대 실수를 용납하지 않는다.
단 한번에 상대를 제압하고 마는 것이다.
사람 눈에 띄는 곳엔 함부로
자태를 나타내지 않으며 소리도 내지 않고
노래도 하지 않는다.
묵묵히 자기의 할 일만 하는 것이다.

사소한 일을 해도 떠들썩하게 하고
자기를 한층 더 남에게 나타내고자 하는 사람에게는
재난이나 장애물이 앞에 가로놓이게 된다.
떠들썩한 사람은 조용한 사람의 불행보다
더 수다스럽고 궤변이 많게 된다.

모든 미덕의 절정에 달한 이름이 용기다.
－W. 처칠

33. 본성은 언제 드러나는가

인간은 술을 먹었을 때나 승부 앞에서는
반드시
자기의 본성을 드러내게 된다.
이런 때야말로
그 사람의 진가를 판단할 수 있는 시간이다.
치사한가, 매너 있는가, 정열이 있는가,
단번에 알 수 있다.
사람의 인격도, 성숙도,
이런 때에 모두 나타나기 마련이다.
잠시라도 마음을 놓았다가는
금세 자기의 본성을 드러내고 말 것이다.

용기가 있는 곳에 희망이 있다.
— 타키투스

34. 험구(險口)도 재미있다

남의 욕을 하고 있는 것처럼
재미있는 것은 없다.
남의 소문을 재미없는 척
겉으로 점잖은 척하는 사람은
험구가 대단한 사람이다.
그런 사람일수록 뒤에서
좋지 않은 욕을 잘 하는 법이다.
물론 아주 험하고 음탕한 이야기는
문제지만 험구도 잘 하면 재미있다.

참된 겸손은 만족이다.
- 아미엘

35. 친구

당신의 장점을 찾아주려고 하는 사람,
당신의 결점을 고통으로 여겨주는 사람,
음으로 양으로 당신을 돌봐주며,
세상과 당신의 사이를 결합시켜 주는 사람,
이런 사람을 벗으로 삼아야 한다.

조금 경우가 좋지 않더라도 참아주는 사람,
그러나 때로는 화를 내어 충고도
하여 주는 사람,
이런 친구를 얻어야 한다.

또한 언제나 당신과 경쟁을 하여
당신을 격려하여 주는 사람,
이런 친구를 아껴야 할 것이다.

산이 높을수록 골은 낮다.
- T. 풀러

36. 사람을 보면 신(神)으로 생각하라

아무리 웃는 얼굴을 짓더라도
사람을 보면 도둑으로 취급하라는 교훈이 있다.

인간은 나면서부터 비뚤어진 마음을 가져서
선물을 가지고 나에게 찾아온 착한 사람까지도
의심하는 눈으로 보려 한다.
착한 사람을 도둑으로 생각하는 거나
신(神)으로 생각하는 것은 모두
자신의 생각에 따르는 것이다.

용서를 받으려면 용서하라.
- 세네카

37. 뱃속을 보이지 말라

사람이 아주 곤란할 때,
동정과 친절을 베풀기는 쉬우며,
성공하거나 즐거워 할 때에
뱃속을 보이기가 쉬운 것이며,
의심과 질투의 감정이 조금이라도 있으면
냉정한 말이 나오는 것이다.
원망하거나 질투하여도 자기에게는
아무런 소용이 없는 것이며
상대가 이상하게 경계심을 갖게 할 뿐이다.

편견은 무지(無知)의 자식이다.
－W. 해즐리트

38. 가난을 이겨라

가난해서는 절대로 행복하게 되지 않는다.
세상에는 가난해도 정신만은 행복하다고 하는
사람이 있으니 그 행복은 자기 자신에게 한한
아주 적은 것이고, 자칫하면 남에게
폐만 끼치게 되고
한 사람의 환자조차 도와줄 여건이 되지 못한다.

사람이 가난하면 친구도 없어지고
남한테 신용조차 받기 힘들며 나쁜 생각과
좋지 못한 성질을 갖게 되기 쉽다.
그러므로 우리 인간은 가난을 면하기 위해서
필사적으로 노력하지 않으면 안 된다.

잊는다는 것은 용서한다는 것이다.
- F.S 피츠제럴드

39. 돈을 벌려면

무조건 절약한다고 해서
돈은 벌어지는 것이 아니다.
생각 없이 돈을 막 쓰는 사람도
돈을 잘 벌며 재산을 모으는 수가 종종 있다.
그리고 인색한 인간이 어느 새에 부모가 남겨준
재산을 탕진하는 수도 있다.
왜 그럴까?
그것은 크든 작든 간에
자기 자신의 돈을 재는 됫박이 됨으로
꺼내는 것도, 넣는 것도
당신의 됫박만을 써야 하기 때문이다.
힘있는 인간은 커다란 됫박이고
힘이 약한 인간은 작은 됫박인 것이다.

행운은 항상 신중한 자의 편을 들어 싸운다.
– 에우리피데스

40. 마음의 약속

일단 마음의 약속을 정했으면
제대로 지켜 나가야만 성공을 획득할 수 있다.
한 번 마음에서 정한 것이라면
어떠한 재난이 도래하더라도 물리쳐 나갈
마음의 약속이 필요하다.
자신의 마음의 약속을 어기는 사람은
남과 약속한 것마저 무단히 어기는 것과
다름없는 꼴이 된다는 것을 잊어서는 안 된다.

소금은 모든 것을 양념해 준다.
- J. 플로리오

41. 건강진단

특별히 아픈 데도 없는데
의사한테 가서 건강진단을 하는 사람은 있지만
자기의 마음을 진단하는 사람은 없다.
정신이 상당히 썩었더라도,
아무렇지 않은 듯 살아가는 사람은
나중에 마음의 병을 앓고 신음하게 된다.

우리들이 살다가 커다란 불행을 낳는 원인은
여러 가지가 있으나 대개는
정신의 질병을 앓고 있기 때문이다.
몸과 마음의 올바른 상태만이 무엇보다
처세의 자본이 될 것이니 쉴새없이
마음의 진단을 해두어야 할 것이다.

지혜는 고통을 통해서 생긴다.
- 아에스킬루스

42. 남을 이기려면

마음과 몸이 모두 건강한 것.
이것이 무엇보다 처세의 자본이 되는 것은
당연한 일인데, 여러 사람은 이를 느끼지 못한다.
우리가 잘못을 저질렀을 때는
반드시 몸이나 마음이나
어느 쪽이든 건강하지 못할 때이다.

만약 같은 재능을 가진 사람 둘이 경쟁을 한다면
건강한 사람이 이기는 것이며,
또한 같은 체격을 가진 친구끼리 경쟁하면
재능과 인품이 훌륭한 사람이 이기는 법이다.

훌륭한 수영 선수도 끝내는 물에 빠져 죽는다.
― G. 허버트

43. 세상에서 무엇이 가장 무서운가

세상에서 가장 무서운 것은
남의 질투심이다.
사람이 불행을 만났을 때 잘 생각해 보면
꼭 누구의 질투심이
구렁 속에 있는 것을 발견하리라.
만약 조금이라도 자신이 사람들의 주의를 끌고
눈에 띄게 될 경우가 있으면
우선 자기 신변에 주의하여서,
남들이 질투를 일으키지 않게끔 하는 동시에
어떠한 질투심에도 걸려들지 않을 만큼
양면 작전을 쓸 준비를 하여야 한다.

나는 해야 한다. 그러므로 나는 할 수 있다.
— I. 칸트

44. 꽃을 갖게 하라

인간은 누구나 남에게
칭찬을 받고 싶어하는 심리를 갖고 있다.
그래서 남이 칭찬을 듣는 모습을
지켜본다는 것이 참 어려운 일이다.
그러나 이것을 담담히 이겨내는 사람은 후에
많은 꽃과 칭찬과 추천(推薦)의
특권을 약속 받게 되는 것이다.
남들의 질투나 선망 가운데에서 피는 꽃은
지기가 쉬우나,
아무도 방해하는 사람이 없는 상태에서 피는 꽃은
커다란 열매를 맺게 된다.
젊어서 남을 칭찬하면 노후에 그들이
꽃을 받들어 줄 때가 있게 세상은 되어 있다.

인내는 쓰지만, 그 열매는 달다.
– 루소

45. 구변(口辯)의 승부

흔히 젊은 시절에는
타인의 결점이나 어리석은 짓이
눈에 보이면
한 마디 말을 하지 않고는 못 배긴다.
그러나 이러한 행위는
상대를 노하게 만들고
반감을 사게 되고
나중에 두고 보자는 복수심만 던져줄 뿐이다.

목마를 때마다 물독으로 가지 마라.
- J. 허버트

46. 무리하지 말라

어떤 일을 실행할 때
성공률이 70%이고
실패율이 30%라고 예상되면
곧바로 실천할 것이지만,
만약 반반이라면 그만두는 것이 좋다.
그러나 사람들에게는
이것을 무리하게 관철시키고자 하는
의지가 있다.
그러나 사물을 관찰할 때는
냉정히 계산한 후 시작하지 않으면 안 된다.
감정은 어디까지나 포함하지 말고
냇가에 던져 버리는 것이 좋다.

마음과 영혼 속에 은둔하여 사는 자는,
천국에 있는 것이다.
– 보몬트와 플레처

47. 명랑한 인간

약삭빠른 인간보다 명랑한 인간이 되라.
조금 덜되 보이더라도 얌전한 사람보다는
훨씬 좋은 것이다.
인간은 화창한 날씨를 좋아한다.
날마다 흐려서 비가 계속 내린다면
사람의 마음은 어떨 것인가.
이와 마찬가지로 명랑치 못한 인간은
인복(人福)이 없고 행운도 도망쳐 버린다.
행운은 남이 갖다 주는 것이며
행운은 명랑한 사람을 좋아하며
불행은 어두운 사람의 뒤를 따르는 법이다.

기운을 내라. 최악은 언제든 온다.
- P. C. 존슨

48. 화(禍)를 복(福)으로

화(禍)를 복(福)으로 만드는 사람은
불행이 일어났을 때에 이것을 불행으로 믿지 않는
강한 정신을 가진 자이다.
뿐만 아니라 화 뒤에는 어떤 복이 있을 것이라고
생각할 정도로 낙천적인 자이다.
그러한 자세로 문제를 해결하려 한다면
어떠한 재화(災禍)라도
복의 근원이 되는 것이다.
지금 화라고 생각했던 것이 돌고 돌아서
행운을 낳는 밑바탕이 되는 것은
세상의 법칙으로 정해진 것이며
성공자(成功者)는 반드시
이 경험을 살려 쓰고 있는 것이다.

동정은 살아 있는 자를 위한 것이요.
시기는 죽은 자를 위한 것이다.
– 마크 트웨인

49. 의견참여를 하지 말라

남에게 의견을 제시하는 경우는
심각히 생각하여 던져 주어야 할 것이다.
왜냐하면 역효과를 줄 때가 있으며
또한 원망을 받게 되니,
말하고 싶어도 꾹 참아야 한다.
인간이란 것은 자기가 잘못한 것이라 생각하여도
남이 참견하면 기분이 언짢아지고
상황에 따라서는 친절과 충고도
좋지 않은 생각으로 여기게 된다.
자신의 몇 마디 충고로 상대의 마음을 바로잡게 할 만한
카운슬러는 없다고 생각하는 것이 당연한 것이다.
남의 의견을 살릴 정도의 사람이라면
훌륭한 인물이다.

맑은 양심은 변명이 필요 없다.
- J. 릴리

50. 시작이 반이다

허약하고 쓸모없는 인간은 해보지도 않고
안 된다고 하면서 아예 시작할 엄두도 내지 않는다.
그러나 인생의 모든 일은 대개 생각한 것과 같이
어려운 것이 아니다.
시작이 절반이다.
실행을 해야 한다.
조심성만 깊고 실행력이 적은 인간보다는
조금 머리가 둔하더라도 도량대로
실행해 나가는 사람이 우수한 자이다.
박력과 용기를 갖지 않으면
어떤 일을 해도 성공하기 어렵다.

남자는 자기가 아는 것을 말하고,
여자는 즐거울 것을 말한다.
— J.J 루소

51. 인생의 병법

사람에게는 공격을 잘하는 사람과
수비를 잘하는 사람이 있다.
만약 공격에 능한 성질이면
반드시 수비에 약할 것이다.
때문에 주위를 세심히 살피면서 전진해야 한다.
수비가 능한 성질이면
주위를 세심히 점검할 것이어서
실패할 가능성이 적은 만큼
전진에 대해서 노력해야 할 것이다.
이 두 가지를 잘 가릴 줄 아는
사람이 사업에 성공한다.
또한 상대의 장단점을 잘 파악하여
교제하지 않으면 실패하기 쉽다.

남자는 법률을 만들고, 여자는 예절을 만든다.
― 기베르

52. 전매특허(專賣特許)

우리들은 누구나 다 특별 전매특허의
안경을 끼고 있다. 그래서 다 하나씩 가지고 있는
안경을 통해서 세상을 들여다보고,
나름대로의 판단으로 세상을 살아가고 있다.
또한 같은 안경을 끼고 있는
사람은 그리 많지 않음으로
여러 가지 견해가 있을 수 있다.
나의 안경으로는 빨갛게 보이나
남의 안경으로는 검게 보이는 것이 그 이유다.
그러므로 남의 안경으로는
어떻게 보이는가 하고 시험해 보려는
여유 있는 인간이 되어야만
비로소 사회인으로서의 자격을 갖게 된다.

남자가 죽을 때 움직이는 최후의 것은 마음이다,
여자에게 있어서는 혀이다.
– G. 채프먼

53. 천재적인 처세

약삭빠르고 마음의 융통성이 있는 사람은
교제나 사업을 하여도 중심을
벗어나지 않기 때문에 실패는 없다.
그러나 너무 약삭빠르고 꾀를 부리다가는
의외의 곳에서 원한을 사게 된다.
그래서 약삭빠르고 꾀를 부리는 것도
그 방법이 좋고 요령이 있어야 한다.
때로는 어리석어도 남이나 자기를 위해서
표적(標的)을 벗어나지 않는 좋은 요령을
천재적으로 가지고 있으면
처세에도 실패가 없을 것이며,
좋은 교제, 훌륭한 일거리가 따르고
인생에서 성공할 것이다.

아름다움을 지니지 못한 여성은 인생의 반밖에 모른다.
– 몽타란 부인

54. 버릇을 들키지 말라

사람에게는 일곱 가지에서 많게는
마흔여덟 가지의 버릇이 있다고 한다.
어떤 사람이든 버릇은 다 있으나
이것을 남에게 들켜버리면
약점을 잡히는 것과 같게 된다.
누구나 될 수 있는 한 감추려고 한다.
그리고 남이 알지 못하는 사이에 고쳐야 한다.
그 나쁜 버릇을 잘 커버하면
그 버릇보다 몇 배나 효과 있는 장점으로
살릴 수 있다.
처세의 잘하고 못하는 것은
내 것을 잘 살리느냐 못 살리느냐
하는 것에 달려 있다.

여인의 가슴속에 묵고 있는 사랑은 손님에 지나지 않는다.
– H.워튼 경

55. 시간은 생명이다

우리들은 돈을 도둑맞으면
야단법석을 하지만
생명과 같은 시간을 도둑맞았을 때는
아무렇지 않은 반응을 보인다.
시간 도둑은 죄가 되지 않는데
이것은 이상한 것이라 아니할 수 없다.
시간의 축적이 인생이 아닌가?
보상도 되지 않는
무엇보다도 소중한 재산이 되는 것이다.
이 뜻을 참으로 아는 사람은
인생에 빛이 날 것이다.

여인의 사랑은 물 위에 쓰여진 증서이며,
여인의 신의는 모래 위의 발자국이다.
— W. E. 에이튼

56. 육체의 병과 마음의 병

육체의 병과 마음의 병 중 어느 쪽이
더 고통스러울 것이냐고 물으면
반반이라고 많은 사람은 대답할 것이다.
왜냐하면 사람마다 경험에 따라
틀리기 때문이다.
그러나 이런 말은 할 수 있으리라 생각된다.
마음의 병을 앓는 사람은
지금 곧 자기가 마음만 먹으면 고칠 수가 있고,
건강하던 마음도 금세 고민의 포로가
될 수 있다고.

굳은 마음을 가진 인간은 몸의 병은 겁내도
마음의 병은 겁낼 것이 못 되는 것이다.
그것은 당신의 수양에 따라 극복되기 때문이다.

유명한 것보다 성실함이 더 좋다.
－T. 루즈벨트, 리스

57. 선생은 어디에나 있다

사회에서 처세하는 것을
학교에서 배울 수 없으며,
남에게 물어봐도 제대로 알지 못할 때가 많고
책을 읽어도 쉽게 깨닫게 되지 않는다.
진실로 잘 처세하는 사람은
거지들이 동냥하는 방법도
서로 다름을 발견하게 되는데
이처럼 마음만 있으면
선생은 어디에나 있는 것이다.

여자는 자기를 사랑해 주는 남자가 바라는 것이면
무엇이든 될 수 있다.
― J. M. 배리

58. 처세의 방향

그 사람이 어떤 일에서 사는 재미와 맛을
느끼고 있는지 안다면,
그 사람의 처세의 방향을 알 수 있을 것이다.
사는 재미가 전혀 없다고 말하는 사람은
세월이 흘러가는 대로
무작정 따라 가는 것이어서
어디를 가든지 남들이 전혀 개의치 않는 존재이다.
그러나 지금은 사는 맛이 없는 생활이지만
앞으로의 일에 희망을 가진다면
자연 그쪽을 향해 노를 저어 가게 될 것이다.
그리고 그 노를 저어 가는 방향에 의하여
그 사람의 처세의 방향도 정해지게 되는 것이다.

가장 행복한 국가와 같이,
가장 행복한 여인에게는 과거가 없다.
– G. 엘리어트

59. 처세의 진도(進度)

처세의 방향이 정해지고,
그곳으로 향하여 노를 저어 가면
자연 노젓는 법에 하나의 형식이 정해지게 된다.
즉 그 사람에게 알맞은 모양이 만들어지는 것이다.
자기가 만들어낸 방식이라는 것은
자기에게 있어서는 가장 편리한 것이라도
남의 방식에 비하면
상당히 졸렬한 것이 되거나
진도를 알아 볼 수 없는 모양이 되는 수가
있기 때문에 자기의 모양, 방식을 정하기 전에
남의 장점을 집어 넣어서
좀더 진도성(進度性)이 있는 방법을
강구하지 않으면 안 된다.

이지적인 여자는 언제나 바보와 결혼한다.
— A. 프랑스

60. 친구를 골라라

우리들의 운(運)은
친구들이 만들어 주는 것이다.
좋지 못한 친구를 선택하는 것은
불행과 악수하는 것과 같다.
나쁜 동료와 손을 잡았으면
물들기 전에 빨리 손을 떼어버려야 할 것이며,
상대해서는 안 될 사람을 사귀지 않으려면
우선 자기 자신이 좋은 냄새를
풍길 수 있게 만들어야 한다.
나비나 벌은 꽃 냄새를 쫓아 꿀을 모으는 것이다.
그러니 몸에 천한 냄새가 있으면
그 주변에는 자연 천한 사람만이 모일 것이다.

신념의 근본은 인내다.
- G. 맥도널드

61. 진짜 거짓말

싫은데도 절대로 싫다고 하지 않는 사람이 있다.
"어쩐지 저는 싫다고 말을 못 하는 성격이라서!"
"나는 자신을 죽이고 남의 비위만 생각하는 거예요.
싫어도 남의 뜻대로 해주기 때문에
착한 것이 아닌가요." 하고 입버릇처럼 말한다.
이러한 사람을 나는 진짜 거짓말쟁이라고 생각한다.
이런 말투가 버릇이 된 사람은
언젠가는 커다란 배신행위를
저지를 사람이므로 경계할 인물이다.

자신(自信)은 자신을 낳는다.
– 라틴 격언

62. 정직과 박정(薄情)

왜 정직한 자가 바보인가.
자기의 손해도, 남의 괴로움도 생각지 않는
정직처럼 난처한 것은 없다.
다른 일은 아무것도 생각지 않고
다만 정직한 것만을 으뜸으로 하는 행위는
정직이 아닌 박정(薄情)이며
잘 아는 체하는 체병에 걸린 것과 같다.
자기가 어디까지나 정직하다는 것을
남에게 보이기 위해서는,
남이 곤란을 받든 말든
상관할 것이 아니라는 것이다.
정직의 참 가치는 정이 두텁고
진실을 굽히지 않는 가운데
거짓을 말하지 않는다는 데 있어야 하는 것이다.

사랑은 아름다운 꿈이다.
- W. 샤프

63. 참는 것도 분수가 있다

아무리 참을성이 많더라도
화를 내야 될 때에 화를 내지 못하면
아무짝에도 쓸모가 없다.
상대가 절대로 노하지 않을 거라고 생각하면,
인간이란 제멋대로 자기 주장을 내세우는 법이다.
사람을 제멋대로 하는 것도,
타락시키는 것도,
어느 쪽이든 한쪽인 것이다.
더욱이 한 조직의 통솔자라면 때를 가려서
노할 줄도 알아야 한다.
시도 때도 없이 노해서는 안 되겠지만
모든 것을 용서하고 너그럽게 넘어갈 때와
화를 낼 때를 구분하는 분별력을 지녀야 한다.
그것이 통솔자가 지녀야 할 카리스마이기도 하다.

사랑은 인생의 소금이다.
- J. 세필드

64. 돈의 행방

술을 좋아하는 사람은
술이라면 돈을 아끼지 않는다.
여자를 좋아하는 사람은
여자라면 돈을 아끼지 않으며
도박을 즐겨 하는 사람은
도박이라면 무엇을 절약하더라도
돈을 낼 것이다.
인간은 자기가 좋아하는 데는
금전의 아까움을 모른다.
한 인간이 어디에다 힘을 들이고 있는가는
그 사람이 돈을 쓰는 곳을 보면 알 수 있다.

사랑을 말하려거든 낮은 소리로 말하라.
– 셰익스피어

65. 의복은 당신의 피부이다

새로 맞춘 양복을 입으면 할 일도 없는데
외출하고 싶고, 자연히 걸음걸이도 멋지게 되고
남의 시선을 끄는 것을 즐거워한다.
그 반면에 낡은 옷을 입고 있을 때는
누가 보지 않아도 쥐구멍을 찾게 된다.

의복은 신분을 바꾸는
인간의 피부인 것이다.
신체에 상처가 나 있으면 고통이 되는 것과 같이
언제나 의복이 단정치 못하면
마음까지 천하게 되는 것이다.

사랑을 이야기하면 사랑을 하게 된다.
– W. G. 베넘

66. 말소리의 매력

외모를 꾸미는데 대해서는 여러 가지로 애쓰고 있으나
말소리에 대한 공부를 하는 사람은 적다.
말소리라는 것은 그 사람의 인정미를 나타내는 것이며,
어느 사이에 그 말소리가 사람을 끄는 힘을
발산하게 된다.
말의 내용도 중요하지만 더욱이 그 말에
색과 향기를 넣는 것이 소리이다.
"나의 목소리는 낳을 때부터 콧소리가 있었는데
아무리 해도 고쳐지지 않는가 봐."
하고 걱정할지도 모르지만
그 콧소리도 주의하면 가장 당신에게 알맞은
좋은 맛이 있는 목소리로 만들어 낼 수 있는 것이다.
그것은 오직 당신의 매력에 대한
연구에 따르는 것이다.

참사랑이란 평생 익는 과일이다.

– 라마르턴

67. 농담

농담은 글자 그대로
말해도 좋고 안 해도 좋은 말이며
서로 가벼이 웃어버리고 말면 되는 말인 것이다.
그러나 세상에는 흔히 농담을 빙자하여
공격의 화살을 내포시켜 말하는 경우가 있는데
이런 것은 농담이 될 수 없다.
아무리 농담이라도 어떤 것은
인생에 두고두고 생각나는 것이 있는데
말한 사람은 농담으로 한 것이니 잊어버리겠지
하는 정도로 생각해서 말할지 모르나
이것은 잘못 생각한 것이며
가장 좋지 못한 처세법인 것이다.
언제나 농담이 진담이 되지 않도록 주의하여라.

선한 양심은 부드러운 베개이다.
– J. 레이

68. 혼자 떠드는 사람

말하기 좋아해서,
처음부터 끝까지 계속 떠들어대며 상대에겐
한 마디도 말할 기회를 주지 않는 사람이 있다.
이 사람은 남들이 가만히 자기 말을 듣고 있으면
의기양양해질 것이며
독창을 하는 것과 같은 기분일 것이다.
그러나 이러한 사람은 사회의 장애물이다.
올바른 처세술은
상대방으로 하여금 될 수 있는 한
말을 하게끔 만들어 주는 것이다.

결혼 이전에는 눈을 크게 뜨고,
결혼 이후에는 반쯤 달으라.
— B. 프랭클린

69. 말을 잘 들어주는 사람

누구나 자기가 생각하고 있는 것을
말하고 싶어하며 남들이 들어주었으면 한다.
말의 기술은 자기가 말하는 것이 아니고
어떻게 하면 상대의 말을 잘 들을 수 있는가 하는데 있다.
듣는 사람이 잘 들으면
말하는 사람도 신이 나서 한다.
말을 잘 들으며 고개를 끄덕끄덕
잘하는 것은 음악과 같은 것으로써
말하는 사람이 신이 나고 기분이 좋아진다.
그래서 말재주 있는 사람은
상대가 듣고자 하는 것보다 더 좋은 말을 꺼내게 된다.
어린 아이들에게서도 상대가 좋으면
뜻하지 않은 지혜가 나오는 법이다.

여자는 자기 운명을 받아들이고,
남자는 자기 운명을 만든다.
- E. 가보리오

70. 돈과 명예

인간의 욕망은 결국 무엇일까?
아마 돈과 명예, 이 두 가지일 것이다.
생명보다 돈을 더 중하게 생각하는 사람이 있기도 하다.
서양 중세기의 어느 네덜란드의 선장이
"돈 벌기 위해서는 지옥에라도 가겠다."라고
한 것과 같이 돈의 매력은 무서운 것이다.
그리고 돈보다 명예를 더 중하게 생각하는
사람이라 하더라도 돈에 무관심한 것은 아니다.
그 사람의 행동을 보면 알 수 있을 것이다.
돈만 아는 사람은 곧 행동에 나타나는 버릇이
있으나 명예를 더 소중히 하는 사람은
돈에 대한 관심이 적다.
후자가 결국 명예와 돈을 크게 잡을
가능성이 있는 사람이라 하겠다.

행동으로 완결되지 못하는 말은 모두 헛되다.
– 미상

71. 쾌활하게

사람이 꼭 알아두어야 할 일은
쓸데없는 일은 빨리 잊으려고 노력하는 사람만이
성공의 영관(榮冠)을 쓴다는 것이다.
화가 나는 일이 있으면
다른 일을 생각할 것이며,
상대편이 시끄럽게 굴 때에는 듣는 체 만 체 하고
옛일을 생각하면 저절로
마음이 쾌활해질 것이다.

나는 많이 보지만, 말은 적게 하며, 행동은 더욱 삼가한다.
- J. 헤이우드

72. 다섯 가지 과정

어떠한 부자나 가난뱅이일지라도
나서부터 죽을 때까지
다음 다섯 가지 과정을 거치게 된다.
즉 출생, 희망, 독립, 처세, 봉사,
이러한 길을 밟고 자라나는 것이다.
이것을 그 성격에 맞추어 보면 소시민 근성시대,
자본가 근성시대, 기업가 근성시대,
경영자 시대, 봉사 시대로 말할 수 있을 것이다.
한 걸음에 금세 출세를 하려고 하면 어느 틈엔가
다시 소시민 근성으로 되돌아가고 만다.
그러므로 조급히 굴지 말고
한 걸음 한 걸음 착실하게 나가야 한다.
그리하여 인생의 다섯 가지 과정을
차례차례 굳건히 밟아가는 것이
가장 확실한 성공의 길이다.

주의(注意)와 근면이 행운을 가져다 준다.
- T. 풀러

73. 장점의 발견

미남 미녀는
예부터 좋은 운명을 타고나지 못한다고 한다.
왜냐하면 자기의 미모에 사로잡혀서
늘 마음이 안정되지 못하고
들뜨기 쉬운 까닭이다.

사람들은 누구나 자만심이란 것이 있어서
남보다 자기의 특출한 점을 과장하여 생각하게 된다.
그러므로 남의 장점을 발견하여
아주 황홀할 지경으로 칭찬을 해주어 보라.
상대방은 반드시 호의를 가지고
당신에게 다가올 것이다.

태만은 지혜의 날을 무디게 한다.
– J. 릴리

74. 과감성

재미있고 흥미 있는 일은
하고 싶을 때에 언제나 할 수 있는 것이다.
그러나 진실로 자기의 능력을 시험하려면,
싫증이 나고 마음이 내키지 않는,
그러나 하지 않으면 안 되는 일에
과감히 뛰어드는 각오가 있어야 한다.
일을 처리하는 데는 우선 심사숙고하여
여러 방법을 궁리하고 비교적 편하고 쉽다고
생각되는 것부터 손을 대도록 하라.
곤란한 것은 나중으로 미루고 그것을 꾸준히 연구하여
최후의 문제점까지 발견해 내게 되면
하기 쉬운 일이 90%이고
나머지는 10%에 불과하게 될 것이다.
그 10%에만 분투를 아끼지 않으면
훌륭히 일을 해치울 수 있다.

모든 훌륭한 것은 똑같이 어렵다.
－T. 와일더

75. 보호색

요령이 좋다는 삶은 남에게 인정도 받지만
한번 실패를 하면 악인 취급을 면하기 어렵다.
그러므로 너무 요령을 피우지 않도록
하는 것이 처세술에서 중요하다.

상대방이 돈벌이 이야기를 꺼내면 그와 비슷한
경마(競馬)나 경견(競犬) 이야기를 한다.
또 상대방이 연극 이야기를 꺼낼 때는
영화 이야기를 시작한다.
이렇게 해서 너무 접근하지도 않고
너무 떨어지지도 않는 이야기로 이끌어 가야 한다.
그러는 사이에 그 이야기의 중심을 꽉 잡아두었다가
훗날의 전술에 이용하도록 하는 것이 현명하다.
동정을 하거나 하소연에 맞장구를 치거나 하면
곧 이편의 속마음을 내보이고 말게 된다.

무기력을 격퇴하고, 태만을 추방하라.
― 플라우투스

76. 노예

아무리 가난하더라도
노예는 되지 말라.
저 사람은 재주가 있고
쉽게 부려먹을 수 있는
사람이라는 말을 듣게 되면
그의 인생은 허탕을 치고 말게 된다.
왜냐하면 그 사람은 일평생
남의 심부름만 하게 되기 때문이다.
우리는 비록 짐을 지는 짐꾼이 되더라도 좋으니
'그 사람 아니면 안 된다' 하는
소리를 듣는 사람이 되라.

태만은 온갖 불행의 근원이다.
– 해즐리트

77. 지반(地盤)을 굳게 하라

중국 사람은
미국으로 자식을 유학시키는 것보다는,
경제 · 문화면에서 미국보다 뒤떨어진
일본으로 유학을 보낸다고 한다.
바꾸어 말하면 자신들보다 훨씬 높은
문화를 배우는 것은
자기들에게는 현실적으로 소용이 없기 때문이다.
즉 일본보다도 한층 뒤떨어진 중국을 진보시키려면
모든 점에서 풍족하게 지내는 미국의 문화보다도
처음에 금방 비행기를 조종할 수 없는 것과 같이
밑으로부터 훈련을 쌓아나가는 것이
중요한 순서이다.

태만은 살아 있는 삶의 무덤이다.
- J. C. 홀린드

78. 촉각(觸覺)

눈으로 본 것, 머리로 생각한 것이
아무리 폭이 넓고 깊이가 있다 할지라도
진실한 지혜는 아니다.
만져보지 않고서는,
진짜로 참다운 것이 무엇인지를 알 수는 없다.
진정으로 일을 하는 사람은 될 수 있는 한
사물을 처리함에 촉각을 통해서 하게 된다.
이것이 귀중한 경험의 일부분이 된다.
우리들은 전부를 경험할 수는 없지만
보고 듣고 생각한 것을 한 부분 한 부분씩
만져봄으로써 실체를
상상할 수가 있는 것이다.
높은 자리에 앉아서 호령만 아무리 해봤자
사람을 움직일 수는 없을 것이다.

사람은 몸의 게으름보다 마음의 게으름이 더 많다.
– 라 로시푸코

79. 거절의 방법

누구에게나 좋은 대답
즉 모든 요구 조건에 응할 수는 없는 것이다.
결국은 '예스'나 '노'라는
대답을 하지 않으면 안 되는 것인데
때로는
'노'라고 말할 수가 없어서
주저주저 하고 있는 동안에
진퇴양난의 경우에 빠지게 된다.
그렇기 때문에 대답은 경우를 봐서
"생각해 봅시다."
"글쎄요, 그것도 좋지만 이런 것은 어떨까요?" 하는
온화한 대답으로써 말하는 편이
훨씬 효과적일 것이다.

노목(老木)은 똑바로 잡기 어렵다.
— 프랑스 격언

80. 돈에 대한 계산

재산을 만드는 비결에 대한 세 가지 말이 있다.

「모은 돈」

「모인 돈」

「모이는 돈」

사실 십 원, 이십 원씩 모아 가는 저금이

백 원, 천 원으로 불어가면

돈이 돈을 낳는 원칙대로,

모으는 동안에 딴 생각 없이 꾹 참고 얼마나 모여지나

기다리지 않으면 큰 재산을 만들기 어렵다.

조금 모이면 곧 계산기를 두드리고

이걸로 무엇을 할까 하는 쓸데없는 생각을 하게 되면

그 틈에 조금씩 돈은 줄어들기 시작하는 법이다.

돈에 대한 계산을 하지 말라.

구속받지 않는 방종이 난폭한 욕망의 원인이 되었다.

– 키케로

81. 수완은 재산이다

재산을 만들 수 있는 힘은 수완이다.
우리가 몸에 한 푼 지닌 것이 없더라도
무슨 일이든 곧 성취할 수 있는 실력이 수완인데
이 수완을 얻기란 그리 쉬운 일이 아니다.

우리는 살아가면서 돈보다도 땅보다도
명예를 택해야 한다.
"그 사람은 돈이 있으니까." 하는 소리를 듣는 사람은
언젠가는 그 돈을 탕진해 버리고 만다.
그것보다 "그 사람은 수완이 있다."는 소리를 듣게 되면,
그에게 알맞은 일만 찾게 된다면
몇천 몇만의 돈이라도 곧 모으게 된다.
그리고 모이지 않더라도 융통을 할 수 있게 된다.
이것이 수완이 갖는 힘인 것이다.

우리는 결코 속는 것이 아니다. 자신을 속이는 것이다.
— 괴테

82. 미소의 가치

미소는 만물의 영장인
사람만이 가지고 있는 표현법이다.
이 귀한 하늘의 선물을 바르게 이용하는 것이 사람이다.
남을 매혹케 하는 미소의 주인공은
사람을 다루며 사람을 움직이는데 있어서
반드시 성공을 거둘 수 있다.
그리고 이 세상에서 미소보다 돈 안 드는 일은 없다.
또 이것처럼 하기 쉬운 것도 없다.
문지기에게도, 청소부에게도,
그밖에 누구를 막론하고 이 미소를 주어서
손해를 보는 법은 절대로 없다.
미소는 일을 유쾌하게 하고, 교제를 두텁게 하고
가정을 밝게 하고 그리고 장수하게 한다.
미소로써 당신의 가치를 높여라.

여자의 복수처럼 무서운 것은 없다.
– G. 그랜빌

83. 이름

루즈벨트 대통령의 선거사무장이었던
화이례를 향하여 어떤 사람이
"당신의 정치적 인기 획득의 비결은 만 명 이상의 이름을
기억하고 있는 점이라고 들었는데 그것이 정말인가요?"
하고 물었을 때 그는 대답하기를
"아니 그것은 당신이 잘못 알았고
나는 오만 명의 이름을 기억하고 있소."하고 말했다 한다.
누구를 막론하고 자기 이름만큼 애착을 가지고
소중히 여기는 것은 없다.
이렇게 소중히 여기는 이름을 상대방이
잊어버리고 있다면 이것처럼 섭섭한 일은 없다.
그런 사람에게는 암만해도 호의와 우정을
가질 수 없을 것이다.
그러므로 예로부터 위대한 인물들은 관심을 기울여
만난 사람의 이름을 기억하려고 했던 것이다.

아무도 공복(空復)으로는 애국자가 될 수 없다.
— W. C. 브랜

84. 상대방을 첫째로 하라

자기가 이야기하는 것보다 상대방에게 이야기를
시키는 것이 사교의 가장 큰 비결이다.
원래 사람들은 상대가 들어주기를
바람으로써 이야기를 하는 것이다.
따라서 잘 들어만 주면
그것으로써 만족하게 된다.
이 심리를 잘 아는 사람은 화술의 명인이 되며
훌륭한 사교가(社交家)로서 환영을 받는다.
그렇기 때문에 상대방의 취미에 관심을 가지고
거기에 대해서 관심어린 질문과
경의를 나타내는 것은
적지 않게 서로의 교제를 부드럽게 만든다.

자신의 힘을 알아채면 겸손해진다.

– P. 세잔느

85. 개의 교훈

우리가 개를 귀여워해 주기 때문에 개 또한
주인이 하는 일이라면 모든 충성을 다하여 따른다.
그리고 개가 주인을 진심으로 따르기 때문에
주인들은 더욱 개를 사랑하려고 드는 것이다.
개는 본능적으로 참다운 경애(敬愛)의
길을 알고 있어서 그것을 실행하는 것이다.
즉 '우리들이 친구를 얻으려면
남에게 대하여 우정을 보이라'는 말은
나 자신을 생각지 말고 호의를 베풀라는 말이다.
그러나 우리가 너무도 잘 아는 바와 같이 세상 사람들은
모두가 다 일생 동안을 자기 중심적으로 교제한다.
우정과 호의로 남을 대하면
자연히 친구를 얻게 되는 것이며,
남의 일보다 자기 일에만 관심을 가진다면
처세술에 있어서 낙제하게 되는 것이다.

비천한 것은 비천한 것이 된다.
– 호라티우스

86. 영겁(永劫)의 불

몇천 년이고 꺼지지 않는 불, 영겁의 불,
그것만으로도 인간은 엄숙해지고
신비와 신성(神聖)을 느끼게 된다.
사람의 마음은 변하기 쉬운 것,
배반하기 쉬운 것, 거짓되기 쉬운 것,
믿을 수 없는 것이라는 불안은 그 누구의
마음에도 끊임없는 비애를 안겨준다.
그러므로 인간은 언제나 변치 않는 것, 진실한 것,
믿을 수 있는 것을 찾아서 애쓰는 동물이다.
여기에서 항상 변치 않는 성실하고 근면한 사람,
표리(表裏)가 없는 꾸준한 사람은
영원히 꺼지지 않는 등불과도 같이
엄숙하고 신성하게 보여지게 된다.

하늘에 대고 침을 뱉는 자는 그 침이 자기 얼굴에 떨어진다.
– G. 허버트

87. 평화와 행복

다른 사람들에게 흥미를 가짐으로써
자신을 망각해 버리라.
다른 사람들 얼굴에 기쁨의 미소를 띠게 할
착한 일을 날마다 하기로 하자.
다른 사람에게 조그마한 행복을 만들어 주려고
노력함으로써 자신의 불행을
잊어버리게 되는 것이다.
다른 사람이 좋아할 때 당신도 가장 좋을 것이다.
이렇게 함으로써 평화와 행복을 얻을 수 있다.

빛이 많은 곳에 짙은 그림자가 있다.
- 괴테

88. 처세술

처세술의 빠른 길은 호감을 사는 법.
첫째, 다른 사람에 대하여 흥미를 가질 것.
둘째, 좋은 인상을 주는 미소.
셋째, 다른 사람의 이름을 잘 기억해 둘 것.
넷째, 남의 이야기를 잘 듣고
자기에 대한 이야기를 잘하도록 추켜줄 것.
다섯째, 대화의 화제는 상대방의 취미를 위주로
할 것.
여섯째, 존경은 유일한 처세법.

사랑은 가장 달콤한 기쁨이요, 가장 처절한 슬픔이다.
− P. J. 베일리

89. 소문래복(笑門來福)

소문래복(笑門來福)이란 말은 가장 슬기로운
격언이며 우리가 실행한 유일할 문구이다.
이 말의 뜻은 남을 대할 때에는
친절한 태도로 할 것이며,
미소의 태도를 잊어서는 안 된다는 것이다.
미소는 가정의 행복을 더하며 사업에 흥미를 돋우며
친구의 사이를 두텁게 하고 지친 이에게 위안을 주며
우는 이에게 위로를 준다.
그러므로 남이 좋아하는 사람,
즉 좋은 인상을 얻는 사람이 되기를 원한다면,
그리고 쾌활과 행복감을 찾으려고 한다면
미소라는 두 글자를 늘 염두에 두도록 하라.

의를 행하는 한 시간은 기도하는 백 시간의 가치가 있다.

— 마호메트교 금언

90. 논리

우리는 가끔 어리석게도 상대방을 설득하려면
말다툼을 하여 이겨야 된다고 믿고 있다.
우리는 우리가 만나는 모든 사람들,
애인이든 남편이든 친구든 누구를 막론하고
논쟁을 피하여 생활해 나가야 한다.
오해를 변론으로 풀 수는 없다.
다만 지혜와 동정으로써만 풀 수 있는 것이다.
우리 인간에게는 누구나 다 남에게 지고 싶은
생각이 없기 때문에 변론에서 지게 되면
분한 마음과 복수심만 생기며, 존경심은커녕
상종하고 싶은 생각조차 없어지고 만다.
그러므로 사업가나 외교가라면 몰라도
변론이나 시비로써 성공하는 법은 결코 없으니,
대개 승리하자면 만사에 먼저 패하고 드는 것이
이기는 길이라는 점을 잘 안다면
인생행로에 있어서 과히 어긋남이 없을 것이다.
죽음보다 강한 것은 이성이 아니라 사랑이다.

‒ 토마스만

91. 프랭클린의 말

어느 날 친구와 교외로 마차를 타고 놀러나갔을 때 일이다.
친구와 마차에 앉아서 눈앞에 드넓게 펼쳐진
밭을 바라보고 있을 때 밭에서 열심히 일하던 농부가
마차에 있는 그에게 인사했다.
프랭클린도 흙묻은 초라한 농부에게
모자를 벗고 공손히 답례를 하였다.
이것을 본 친구는 우습다는 듯이
"천한 농부에게 그렇게 공손하게 답례를 하나?
자네 친구는 아니겠지!" 하고 조롱하였다.
그러자 프랭클린은 웃으면서 그러나
냉정한 목소리로
"여보게! 서 있는 농부는 앉아 있는 신사보다
높다는 진리를 모르는가?" 하고 대꾸했다.
프랭클린의 이 한 마디에 친구인 신사는
할 말이 없어 낯을 붉혔다고 한다.

사랑에 미치면 누구나 장님이 된다.
– 프로페르티우스

92. 잘못의 인식

옛날 격언에 '싸우는 자는 얻는 것도 없고,
지는 자는 상상 이외의 것을 차지한다'는 말이 있다.
이 격언을 기억하여 싸움을 하지 않고 참아준다면
당신은 호감이라는 무기를 얻을 수 있을 것이다.

호감은 백 가지의 이유를 캐는 것보다 훨씬 더
훌륭한 설득의 힘을 가졌으며
친구를 사귀는 유일한 방법임을 인식해야 한다.
우리 인간은 성인(聖人)이 아닌 이상
누구나 잘못을 범할 수 있다.
그러므로 우리는 항상 잘못을 저지르고 그릇된
생각을 지니고 있다고 보아야 한다.
이것은 우리 인간의 공통적인 약점이다.
그러므로 처세의 상식은
'자기 잘못을 바로 인식하는 것'이다.

습관은 성격을 형성하며, 성격은 운명이다.
- J. 케인즈

93. 이성으로 통하는 길

"네가 만일 주먹을 들고 온다면
나는 너에게 지지 않고 주먹으로써 덤빌 것이다.
그러나 네가 내게 와서 조용히 앉아
같이 해결할 말을 청한다면 나는 반갑게 맞아줄 것이다.
그리고 서로 문제의 해결점을 찾아서
협력할 수 있음을 약속할 수 있다."고
윌슨 대통령은 말했다.
참으로 옳은 말이다.
우리는 짜증이 날 때면 이것저것 말해버려야
속이 시원해지지만
그 짜증을 받게 되는 상대편은 어떨까?
그도 속이 시원할까?
절대로 상대편은 그것을 달게 담을 리가 없다.
도리어 그에게 적개심을 품게 될 것이다.

습관은 성격으로 변한다.
– 오비디우스

94. 훌륭한 비평법

찰스 스왈이 어느 날 정오에
공장을 지나가다가 직공들이 금연게시판 아래서
담배를 피우고 있는 것을 보았다.
그는 못 본 척하고 직공들 옆으로 가서
담배를 한 개비씩 나누어 준 뒤에
"여러분 다른 데로 가서
그 담배를 피워주시면 고맙겠습니다." 하였다.
그렇지 않아도 금연법을 지키지 못한 직공들은
미안하게 생각하던 참이라
감독이 한 마디도 꾸짖지 않고
자기들의 인격을 존중해 준 데 대하여
도리어 감사하게 생각한 것은
말할 필요도 없을 것이다.

독신 생활보다 더 좋고, 더 훌륭한 것은 아무것도 없다.
- 호라티우스

95. 융통성

일의 전후를 생각지도 않고
지나친 융통성을 발휘할 것 같으면,
마음이 들떠서 큰 낭패를 당하게 되며
어리석은 짓을 저지르기 쉽다.
그리고 유혹에 빠지게 되면 회사의 일을
걷어차 버리고 자기의 돈벌이에 융통성을
최대 한도로 발휘하게 되고 만다.
이런 사람을 어찌 신용할 수 있을까?
무슨 일이든 절도 있게 한다는 것이 중요하며
후회를 할 때는 이미 늦은 것이다.

의로운 사람만이 마음의 평화를 누린다.
- 에피쿠루스

96. 호오(好惡)의 표현

우리는 자기 성질을 부리는데 있어 때와 장소를
가릴 줄 아는 사람을 일컬어 훌륭한 사람이라고 한다.
그런데 이렇게 한다는 것이 쉬운 것 같아도 어렵다.
저것은 싫다, 이것도 시원치 않다 하고
일일이 과장하여 얼굴을 찌푸리는 사람이 있는데
이렇게 자기 성질을 그대로 나타내는 것은 좋으나,
이래서는 처세면에서 사람들을
멀리 쫓아버리는 결과밖에 되지 않는다.
부드러운 말로 약간 좋지 않은 빛을 보여주면 된다.
그리고 영 싫은 것이라면
그 자리에서 싫다고 해버리면 그만이다.
자기의 성질을 분간하여 대해 주는 사람,
그 사람은 누구나 좋아하고 호감을 가질 수 있다.

고백한 죄는 반은 용서받은 셈이다.
- J. 레이

97. 인사

길에서 손윗사람을 만나거나 아는 사람을 만났을 때
인사를 잘하고 못하고 하는 데 따라
그 사람을 보는 눈이 달라지듯이
단정하고 기품있는 인사는 당신에게 몇점을
더 플러스 하는 것이다.
존경하는 마음과 경건한 태도
그리고 만나뵈어 반갑다는 기품있는 인사는
들어서 기분이 좋고, 마음으로 스며드는 기쁨이 있어
서로 만족감을 맛보게 한다.
좋은 인사법이란 상당히 어려운 것이다.
이것은 즐거워하는 감정이 있을 때만이
할 수 있기 때문이다.
이런 인사를 싫어할 사람이 누가 있으랴.

단 것만을 줄곧 먹을 수는 없다.
때로 쓴 것을 먹어야 강해진다.
– 오비디우스

98. 연극적인 태도

자기 자신의 그대로의 모습을
보이면 될 것을
웃고 싶지 않을 때 웃음을 보이거나
연극적인 표정을 하는 것은
일시적으로 그때 그때를 넘기거나
속일 수는 있지만
그것이 항상 자신의 몸에 배인 것이
아니기 때문에 폭로되고 만다.
있는 그대로를 당신의 표정에 나타나도록 해야지
위선에 찬 태도를 보일 생각은 버리는 것이
당신을 위한 것이다.

훌륭한 말은 훌륭한 무기이다.
- T. 풀러

99. 단언(斷言)하지 말라

어떤 일이든지 이러이러한 것이라고
딱 잘라 말하면 실패하는 수가 많다.
나중에 잘못하였다는 사실이 드러나면
그 믿음에 흠집을 주기 때문이다.
좀 간사한 것 같지만,
말이란 단정해서 딱 잘라 하지 않음이 좋다.
사물에 대해서는 그렇게 확실하게
말을 잘라 할 수 없다. 왜냐하면
후에 얼마든지 잘못을 찾아낼 수 있기 때문이다.

고집이 세고 자기 성미를 못이기는 사람은
곧 혼자 단정을 내리고는
수습할 수가 없게 되어
난처하게 되는 경우가 종종 있다.

시간은 공평한 법률과 일치한다.
- 마닐리우스

100. 분별 있는 인간

"분별이 있는 사람은 자기 자신을 스스로
사회에 순응시키고자 하고
분별이 없는 사람은 이에 반하여
세상을 자기 자신에게 순응시키려고 한다.
그리하여 모든 진보는 분별이 있는
사람에 의하여 이루어지는 것이다."라고
G. B. 쇼오는 말하였다.
이것은 즉 끊임없이 노력하는 사람에 의해서만
모든 진보는 이루어진다는 진리를 말한 것이다.

작은 육체가 위대한 영혼을 가진다.